在那裡遇見寂寞

陳皓・著

楔子

總以為，必定有個地方
可以用來躲藏脆弱。

那是一種無以為名的思緒，
隱匿在難以觸及的深邃與遼闊的遠天之間。
在那裡，遇見寂寞。

就如同對於遠天與深邃的聯想。
而詩，也是寂寞的。

秩序．自序

出版一本詩集需要多久的時間？有人以極速在短短一年內完成。我則隨性地在寫詩二十餘年後，才認真地思考完成一本詩集的編撰工作。當然如果扣除當中斷斷續續並幾近空白的十餘年，實際詩齡其實會是更短的。

這本詩集收錄了我自二十歲起，大約十二年間主要的創作。從原本八卷的詩稿中挑選了四十五首詩作，彙編成《起始》、《初生》、《渴望》、《夢際》四個部份。檢視我在現代詩創作的歷程，起始於十八歲時加入青年服務社的寫作班迄今。前一階段的創作過程裏，大約在草創「薪火詩社」時達到一個「可能的」高峰，也就是一九八五至一九九〇年之間。用「可能的」來形容，是因為在那之後，關於現代詩的創作曾陷入一段漫長的沉寂，甚至可以用空白來表示。在那幾年間，相對維持著較穩定的創作質量，也較積極地參與著詩壇的活動。除了主編《薪火詩刊》，也加入「葡萄園」、「曼陀羅」等詩社，並實際參與詩刊的編務及社務運作，同時也發表了較多的作品在各大詩刊上。在九〇年之後則因工作緣故，將創作重心轉移至攝影及空間設計的場域，因而「暫離」現代詩的書寫，如此一直延續到〇五年。此期間只斷斷續續偶有即興之作，數量也是極少，在「詩」這塊耕地的成績幾近於空白。在〇六年之後才又開始積極介入現代詩的相關創作，近期完成的幾卷詩作則發表不多，主要仍以個人網誌與文學論壇為發表媒介。

詩究竟是什麼？歷來始終引發著各種不同的探討，每個詩人也都有各自不同的解讀。就像有人以「新詩」、「白話詩」、「現代詩」甚至「當代詩」等來稱呼與定義。但對我來說，詩的意義是寬廣的。更廣義的來說，詩是詩人最深層的內省；譬如來自生命與藝術的觀想、哲學的省思與體悟等，透過現代詩的語言，以藝術的型態為表現。詩的形式可以不必設限，文字可以優雅抒情，可以詼諧幽默；但內在卻是嚴肅的。詩，更可能是對於生命的一種救贖。如果我們要在宗教以外追求另一種信仰，那無疑的，我認為詩將會是其中之一。當然，這自也是因人因時而異。

其實對於詩的創作，我並不抱持特別嚴格的要求，只是常想把心中的某一些意念或者思考，希望透過詩的型態來表達。從前論詩，大家總不忘提到「詩言志」。《尚書・堯典》有云：「詩言志，歌永言，聲依永，律和聲。」；子曰：「詩三百，一言以蔽之，曰『思無邪』」。這正是詩經以來廣義的詩之泛解。但如果要找一種方式來闡述我心中理想的詩的樣貌。或許應該這樣說，首先我覺得詩應該要「美」，但卻不是唯美（Aestheticism），這個美表現在辭藻上，也表現在意境上。所以我直覺地認為詩的文字該有一定的「厚度」，當然也有人是以「薄」取勝，但這些都無傷大雅，當依個人的喜好而行。再來詩除了文字與意境的美感，還應該有更深遠的意涵，譬如生命觀，譬如哲學思考等，這就如康丁斯基（Wassily Kandinsky）所說的「藝術的精神性」，是內在層次的體現。但對於這些部份，寫詩的人如何讓讀詩的人可以領會殊是不易。詩人羅智成在其詩集《畫冊》的序裡，有一段如此寫道：

> 設想我們由共同認可的極限再出發。為了效率，為了避免墜入前人種種失敗思考的陷井（而他們的成就已是我們的出發點），避免我們的思維徒具型式，在我們思考之前，我要提出的：一個完全發展開來之意識力，內省的過程，或自覺。任一自覺層次的人都相信自己是自覺的，這便是自覺的特性。

從某個角度來說，我認同於這樣的想法；我們總是盡可能地企圖在詩裡展現一種通過內省到達自覺的過程。這就是詩真正的意圖。

詩的特性也常是抽象而虛擬的。

我們常眩惑於唐詩裡那些華麗的辭藻，絕美的意境；但真正動人的，可能還是那些「情景交融」的意象。如何營造一首成功的好詩？詩人總是可以「意在筆先」而又「後發先至」，這不是武俠小說中才會描述的絕世武功，而是絕妙詩藝的展現。也就是說，一首好的詩，創作者必需努力將那些內省、自覺的意念與思維，走在文字之前；並精準地駕馭詩的語言，在文字之前將這些省思傳達至讀者內心。

關於詩，其實我較習慣以「現代詩」稱之，原因並不在現代主義（modernism）或者後現代主義（post-modernism）的思維。對於創作我通常不愛冠以主義之名，不管是優雅的「古典」，或是「現代」以及「後現代」。對於詩，我的想法其實比較貼近於「純粹的詩」的創作觀，而現代則只是一個相對於時代的定位。事實上，對於現代詩，我更傾向對於現代畫的發想；或者說是「現代藝術」。在我的創作觀裡，現代詩與傳統詩在某些部份是脫節的，二者間並不全然以一種承繼的關係契合著。雖說就文學史的演化來看，現代詩確實是脫胎於傳統的韻律詩，但現代詩其實更應以一種獨立的文體來被看待。

現代詩也如現代畫一般，都曾經飽受「不可理解」的批評，部份原因當然是源於某些晦澀的詩語言所致。關於這部份的專業論述，從前輩詩人們起始迄今皆不曾斷過。而我想的是，現代藝術本就充滿了無限的可能，詮釋的角度與方式不會只有一種，詩亦如是。從前談詩時大家總說：詩要寫得「意在言外」方能讓人品讀再三而餘韻繞樑，我也常如是想；文字畢竟只是一種工具，就如畫家手中的畫筆一樣，怎樣運用確實是因人而別。我的詩通常是僅以一條帶狀的思緒與氛圍來貫串，並希冀表達對於生命的內省與體悟，也常假借外物發聲來闡釋人生的觀點，當然還有個人的情緒。至於意象與修辭則常常不刻意為之。

我相信，每一個詩的書寫者，都曾試圖建立屬於自己的「詩的秩序」。所以，如果用我自己的角度來定調詩的本質，我會這樣想：我喜歡流暢的語言，文字應平易而有味，雖然有時一點晦澀是必須的；我愛氛圍更甚於意象。好用隱喻、暗示、象徵等方式，來凸顯意在言外的詩之特質與意涵。我總是企冀在平易的文字間，努力地想去揣想另一種詩味與意境。而每一個階段的創作，其實詩的走向是不同。或時而唯美唯情，或時而寫實批判；又或是明朗，又或是晦澀。這都是創作的軌跡。當然我有我自己的解讀方式，卻也無礙於旁人對於我的詩的看法與批評，藝術創作的可貴本就在於這種種的可能。你可以因喜歡而愛不釋手，當然也可以因不喜歡而棄如敝屣，在藝術的國度是自由的。

一本詩集的誕生，有時是許多主客觀因素匯聚而成的。在這裏不免也要向為這本詩集費心作跋寫評的詩友們致謝。在這詩路上行來，每一個階段都有不同的朋友，形成不同的交集。但我都懷著一樣的感激之心。特別是我身邊最親近的家人與好友，總是縱容我的任性，並一任無悔的支持。如非這樣，這本詩集將只會是一種遙遠的想像。

詩集出版在即，僅以此文略述緣起與部份詩觀以代序。

陳皓，二〇〇八於台北

目錄
contents

卷二《初生》

卷三《渴望》

卷四《夢際》

卷五《至於詩》

卷一

起始

起始的時候
我們都專注於每一條直線代表的意義。

雨的心情

抒情地走過
街道，下雨
長巷接著短巷
相逢是不自的邂逅

且待雨冷
花落了，那麼
被拾遺的一頁真情
是很重的寂寞
很輕的虛空

冬雨

冬去時
雨的心情
是修禪於如柳之葉青上
葉青上一朵黃白的小花

若想起
是碧雲深處
或者更深處之處
一無心的花蕊
可裁以擺荷的相思

而我八卦網中的夢
將置於植滿林投的小溪

欲歸

終於
春風只是心中假設的印象

且必然的
流水被將被揉成一種無理的相思
除非是春　不再睡去
除非是花　不再吟啜
但古典的山色
分明已是幅
冷冷的

冷冷的落黃

於是
我企圖忘卻
　忘卻
一顆心的夢
並　南方的秋渡

可是
可是我的薄情
竟已是很薄
很薄的了

另一種思念

怎樣把破曉想成黃昏
怎樣將啼笑雜進一片聯想
怎樣的相思
才是相思

從一些細雨
可以將思想滲入山海
從一些回憶
可以透視
妳眼中水色的成分

如果妳堅持這恆然的概念
是亞當與夏娃結褵前的綺思
所謂那冬色的愛情
只不過是風中遺忘的
另一種思念

海濱望月出

冷望
月色著陸的抒情
燭光是行老去的紅顏

雲有幾朵
早不再是傳說愛情的責任
真正的禪悟
亦絕不是解釋寂寞的容顏

即然星光也有將歇的意圖
且讓回憶留住
八千里路的
抑
揚
頓
挫
錯過這次約會
秋天就必然是這樣的
設若迴光返照
也終必是火裡啜泣的心情

夜宿淡水河

如果有霧
隔
夢
飄
來
請掌燈而起
不要驀然地離去
飄泊以後
一切本是隨緣的

只因每經回憶
往事便已溶化
所有不該想起的
也就任性了　起來

而未曾風霜洗禮的妳我
即使不願以一生的賭注
去遍嚐每一寸的辛酸
可是黃昏若再隕落
故鄉便總以思念的姿態
橫過　淡淡的河水
向　我　走　來

黃昏過北門

走過歷史的背影
古老的城堡
依稀瀰漫著
昔日的槍聲　與砲聲
（記憶遠了　記憶
遠了）

即使悸動的星光
已不再撫慰蒼白了的創痛
就讓那遙遠的遺恨
捶入你多年的傷痕吧！

如果說這驟然沉落的迷惑
必定驚起一列長眠的夜色
且任千古的噪音
馳向一瞬萬變的想念

而我們戀戀不忘的
倘然也只是最最溫存的那種
燈影熄時　只怕
只怕又將是
塵埃落定的明天了

發表於《鳴蛹季刊》夏季刊

誤會

醒來
夢就遠了
以為誤會是更美的
更美些的哀愁

據說
黃昏雨
已濃縮給斜陽
恨是較朦朧的愛

料想多情與薄情
終必腐化
傳言總歸是傳言

待萬籟蜕於永恆
星光更將寥落
而妳冷漠的眸色
只雕成我咫尺的相思

發表於《鳴蛹季刊》年週年紀念刊

卷二 初生

耽溺著對於愛情的想像，
我們的思緒
總是垂憐著一朵花的初生。

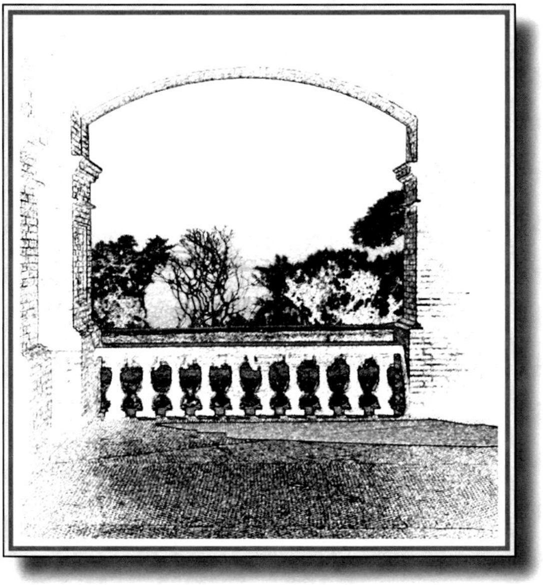

望夜

夜深了
在黎明之前
妳是否聽到我切切地呼喊
（誰說就是這樣子
　　　　沉默了呢？）

就讓那昨日的戰鼓
響起於子夜的雲端吧！
曾經被我們遺忘的

僅是一些永不渡河的希望
（鐘　聲　已　遠）

而露更重
深怕妳叩門的手
就要探入我迢迢的夢裡
（所有寂靜的
就讓它繼續地寂靜下去吧！）

只是淡忘了
昔日的豪情
如何再能記起胸中的
千山　萬水

只是啊！只是
在那縈繞不去的夢裡
所有顫落的聲音
為何竟是我們不願相逢的影子

懷想

在這裡揀拾
一脈紅紅的葉
並且　揉上九月的顏色
就悄悄地惦記著妳

（飄雪以後
這便是我薄薄的一次思念了）

而等待著明年
妳我一同檢閱書札

重複溫習一段舊情

就在我們不記得的那頁
請為薄薄的枯葉，再滴上
一滴清瑩之淚，也許
會有今年的印象
輕　輕　飜　舞

而我們美麗的希望
仍要　旋旋飄落
在曾經交錯的心頭

初冬微雨

在寂靜的初冬夜色
我獨坐聽雨
心事漸漸涼了……
些微的激動
換成草草的無情
在杯停酒散之後
彼此的面孔終將陌生
縱有把盞的日子。唉！……
雖然寂寞如此重要

雖然，初冬的夜色
寒意已濃
在陣陣驚寒中
心事都冷了
無法辨認落雨的音聲
我的情緒複雜
且紋路散亂

而閉目讀夜
我的心事
只是散漫無章的一場
初冬微雨

發表於《葡萄園詩學季刊》一〇〇期

黎明

直到你削瘦的背影
都被流竄而來的月光
吞沒了，才想起
忘了對你揮手道別的糗事

直到鶯啼燕囀的笛聲
停止了。沼澤
也不再有蛙鳴奔躍
一切鹿跳使然的不純粹
之後，層層落瓣的紅花

也總是因為流浪的理由
而落下的。

而還有寧靜以外的一些什麼
彷彿也都靜止了
我才默默告訴自己
該把攤開的手掌
緊握成拳
然後，悄悄地
在破曉之前，等著
向決裂的夜色揮出

發表於《葡萄園詩刊》第九十六期

舊愛

——給H

在初冬的寒夜裡
我獨坐與車聲傾談
遙想早秋的心情
（別來花事早淡了）
妳的容顏清癯一如晚菊
或是初冬的寒霜呢？

微弱的燈光
透射自妳深居的窄巷

在迭錯的黑暗與光亮裡
我的無奈
輕漾著過多的孤寂

悄悄寄給妳一封斷裂的信箋
可否留待印證堅貞與永恆

在如此寒夜
我與寂寞不斷交談
並且，溫習舊日的寒暖
藉著緩緩淌過的心事
濯洗心中湧動的不安

正當進入寒冬的雪季
心事逐漸形成風霜
在未完的溫暖中
我依仍堅持最初的沉默
努力在過往的歲月裡
找尋我們匆匆拋下的
一頁舊愛

子夜書

何當共翦西窗燭
卻話巴山夜雨時
——李商隱

今夜微露
心想：
寫信給妳，多好
當昨晚熄去的燈
今晚再度

再度從夢裡翻醒
汩汩湧動的心事
正逐步侵入
多感的眉目之間

如果妳忍心地可以遽去
當清風走過
不再新綠的江南了
世界已是如此沉寂
妳想再說些什麼

是的，妳說過
唯有將流轉不定的執著
頓化於枕戈待旦的片刻

生命才得永恆

妳說
面對輝煌不已的星辰
千萬不要垂淚
（且高舉妳堅定的手心
讓所有纖細的掌紋
去交纏一條明亮的前路
如此可以不再回頭地一路踏去）

而現在
我想再細細為妳訴說
蟄居燈下的一番心情

當我從急夢中醒來
（雨在窗外慢慢地下）
發現自己正深坐思念的河堤
馳想遠方，沉睡
或者未眠的妳

啊！是啦！
想必昨晚攤開的信箋未及收起
今夜繾綣的觸手又來叩門
破碎的心事便在窗口
高高堆起
（在妳好整以暇的時刻
怎知我心底憂急如焚）

此刻，如果和我一樣
靜坐窗前而翻書不成
而入夢不寐，那麼
也該有一堆心事
等待著摺疊吧！

只是千萬請別告訴世界
祇需在妳細柔的脈流上
輕輕寫下：曾經

妳是我生命裡
最好交會的地方

信

——給W

在雨季，我決定為妳書寫
一封冗長的信。

一、

穿過夢裡，穿過
長長的眼睫與雲鬢
在妳溫潤的臉頰
任意書寫
瘦金或者狂草

恨字最易，愛字最難。
雨滴是一封冗長的信
在心頭一觸即散
恣意奔騰。

二、

進入透明的水晶內裡
細細觀視，交錯的
淚水是甜蜜的心
燙熨過天空
燙熨過大地。
浸滿淚水的一顆心呵！
是我決定為妳寫下的信。

三、

而飛翔仍是我們不變的宿願
在雨裡，我們如此懷想：
沉默也是一封冗長的信。

發表於《葡萄園詩學季刊》一〇三期

姿勢的變奏

一、站姿

站在兩岸垂蔭的溪堤上
回想當年的往事
聽任野風狂吹
我飄灑的衣袖

草原上的牛群
由於沒有韁繩的束縛
於是，都到處遊蕩去了

而風箏在斷線之後
會飛去哪裡了呢？

二、臥姿

仰臥在操場的草皮上
我以雙臂為枕
放目遠方，入蒼穹
看流雲與青山悄然對話
聽清風在耳邊絮絮不休
突然，一記奔躍的皮球
自胸前彈過，可惡的是
那搗蛋的傢伙
竟在身後衝我齜牙一笑
然後，一溜煙地跑了

三、坐姿

在禮堂裡正襟危坐
聆聽主席發表今日的宣言
（關於底片曝光的問題
那本是勤於戲
荒於學的結果
至於我們的信條，我相信
那是恆久不變的真理）

在電影院，我正襟危坐
等候劇終的字幕

發表於《葡萄園詩學季刊》一〇四期

素宣上的告白

行到水窮處
坐看雲起時
——王維

常常在黃昏的街角
我把自己的身影
拉成一縷向晚的寂寞
再把自己的心情
攤開成一張
薄薄的棉紙

我立意，要在上頭寫意
一叢不受污染的雛菊

許久了
我們不再等待夜色的來臨
只在爬滿霓虹
亮麗的街景裡
去索尋那偶然的希望
我們深信：
故事並不等於結局

是的，當我們都自
遠遠的夢裡奔馳歸來
我尋思以瑰麗的口吻

對妳細說
並且，耐心地守候
妳回答的眼眸
（妳的眼神
一如今晚的星辰，依稀
夜色涼如水）

我摒息坐起，凝望
一朵奔月的流雲
妳如月的眼神
卻在我發作的傷口
崩裂以亙古的迴音

就在我怔忡悲感裡
妳以如鈴的笑聲
破浪而來，告訴我：
希望是生存唯一的理由

是的，當雛菊
在溶溶的水月裡
朵朵綻開
希望是生存唯一的理由

而月色蒼白地昇起
一抹微弱的星芒
孤獨地閃過街角的櫥窗
我偷偷仰臉迎向夜色

妳明亮的星眸
緩緩垂下

清冷中
我流水地心事汩汩湧起
所有的街景，清冷地
一如昨夜

說要寫信給妳

說要寫信給妳
其實，我想帶雪去看妳。

由鼎沸的山頭
遽然滑落在冰點的河域
清冷的日子
總是下雨的日子
雪的心事
也就是我的心事

然而，這是一處
陽光充足的草原
一簇被驚醒的白鷺
越過群牛的背脊
匆忙地趕赴遠山的盛會
來不及飛起的昏鴉
只好停在牛背，等候
與童子的長笛共舞

所以，
說要寫信給妳
其實，我想帶風去看妳。

聽說，起風的下午
常是妳守候寂寞的下午
我想兜兩袖清風
牽引一隻紙鳶
到妳寧寧靜靜的窗前

然而，這裡僅是一處
沒有風帆的渡口
群鷗就算急急向東飛去
陽光也總是不便進來的

所以，
說要寫信給妳，其實
我想帶雨，去看妳。

斷想

黑暗裡
悄悄捲起明亮的心情
像捲起一根瘦瘦的煙草
等待著，點燃
一把燎原的星火
（即使是微弱的
也要，星辰一樣
明澈如故）

而陽光是微微的了
一莖茫然
尤且衰弱的蘆花
竟自百年的憂傷浮起

站在遼闊的土地
與高冷的青空之間
蒼茫是唯一的印記

而如今，站在河的兩岸
是我們激憤的心情
與蒼白的影子
爭相涉水的聲音

黃昏以後
總要熄燈獨坐，然後
再輕輕把明亮的心情捲起
像捲起一根瘦弱的煙草
等待著，點燃。

發表於《地平線詩刊》第三期

卷三　渴望

幾個渴望以後
才能憶起每一種悸動，當詩來時。

孤獨的飛行

一、

旋起　降落
（大地無聲）
思念與夢境同行
白鳥飛起後
一隻蝶自黑白相續的
天空　翩然落下

二、

入夜以後
我在生命的攻擊坡上滑行
等待一切的悲歡　向著
陌生的天涯緩緩堆積
然後沖蝕

三、

而孤獨的希望
將化為一隻倨傲的鷹
在荒涼的塞外飛行
等候狂瀾的風沙走過
月落時　在平林煙漠之中

款款探出寂寥飢渴的雙眼
在幾度漠然的回首審視裡
頻頻索問流經生命的兩河流域
依舊細水遠流的咄咄痕跡

發表於《葡萄園詩學季刊》一〇五期

悔

舉火，焚燒
與貪婪的慾望掙扎
在黑夜或者白日
躍昇後的魂魄
化為一隻蝶
恣意向空中探索
流變的雲色

……於是，在五光十色的燈炬中
我引首翹望

冀候飛蛾的一再撲擊……

於是，我憤怒地碰撞心鼓
並且向世界傾訴一點悲惘
碎石裂帛的聲音
一如最後決裂的血脈
在心中苦苦地堅持與凝望

……而這時，我夢囈般地感動著
並且哭泣，在生命終點前的驛站
我微弱的靜脈因為孤絕而振作
因為青春而迷惘太多……。

飛想

一陣天旋地轉……
太陽在海面爬昇……
青鳥自烽火中飛來……

然而，風雨裡
一株野菊在兀自顫動
我看見，小小的水滴
與夢幻同行
將靦腆的青春
苦苦鍛鍊

在悲壯的歲月裡
曾經，愛恨一度交替。

而想像是一隻任性的鳥
飛翔在多漩渦的氣流空間
有時，也因多事折翼……。

發表於《薪火詩刊》第二期

如果那就是我們嚴肅的表情

等春雨波濤後的一個早晨（或者黃昏）
蟬聲逐漸在飽蓄圓融的露水中掙扎醒來
這時，昔日的繁華憧憬已自漸次地淡了
而我們把瞳仁深處，正逐步褪色的思念
裁成過時老舊的信箋，在上面逐日記載
蟬聲起落間，妳臉頰幾度嬗換的顏色。

而我們是務必要等候春雨過後的某一個
早晨（或者黃昏）。那時也許已是初秋
（抑或晚冬），如果有一種落葉的聲音

類同降雪的姿勢。在植遍千葉荷花之后
我們臉上必有一種木訥並且嚴肅的表情
堅持在眾多的粉顏之間。

而那時，等冷峻的嚴冬過後，春雨匿跡
必有一種美麗要努力改變，努力地……
努力持續、改變。如果那就是我們木訥
而且嚴肅的表情。

如果那真就是一種堅定。

旅程紀事

在與愛恨進行溝通的旅途中
一些悲慼的心情，以及夢
就註定要被太陽焚毀了
（是年，第八月
一個霜降的夜晚
冰雹突然來襲……）

而我是不想再與歷史爭辯的
在遙迢的歸途上，我兀自執著
不滅的豪情，還有淚水

（自從戰火決堤以來
我們總是用笑容來描摹彼此的心境
況且是一次壯志的完成呢）

偏偏是匆促中我們無力自覺
任由愛恨向孤獨的天空伸展
直到火光延燒智慧的眉心，以後……
（那時，我們以信心固守城邦
並且深信：風雪枯萎之後
信念還要繼續生長……）

發表於《薪火詩刊》第〇期（創刊號）

關於季節以及愛

一九八三年，春天。
當我的眼神，跌入
對整個大海的沉思，
鎮日我陷溺在浮雲與風的幻想裡。
滿山的芒花啁啾著幾隻，
低低掠過的野鴿子，
熱烈的陽光溫存地敘述，
一段孤獨的閑情。

一九八四年，夏天。
閃爍的天光與夜色微詞。
焚火後的鳳凰花
凋零著，等待重生；
賸下枯瘦的枝葉伸向一整片黑暗
說：卑微的意志將與歲月交戰
並且生命裡掙扎太多……。

一九八五年，秋天。
紅色的旗幟與野草同聲吶喊。
溪水無聲，一逕地流著思念。
燕子在昏黃的天空飛行。
漣漪逐蜻蜓一路奔跑。
安詳的水草卻把生命託付給泥土，

並且幽幽向大地示愛
傳說：蒹葭以後，就是我孤獨的一生⋯⋯。

一九八六年，冬天。
愛情在雪地上⋯⋯。

發表於《南風詩刊》XI號

我們擁有歷史

坐在舊日的堤岸
隨意檢點飄舞的落葉
入夢之前，手握
沉重的札記
許多歷史的片段
將逐漸醒來。

「僖公四年春，
齊侯以諸侯之師侵蔡
蔡潰，遂伐楚。……」

而這是一條何其幽邃的夢路啊！
林間灑下紛紛墜落的詩句
從太初的上古，到如今
我們愕然。

夢中醒來，我們愕然。
越清明，入晚唐
縱橫五代過兩漢
征騎聲盡，月斷殘陽
昔日的舊帙啊！
我們無力遮掩的豪情
都因塵囂日上的鼓聲
而留下繁華的摺痕，並且

也在日日夜夜的征伐聲中逐步褪色
如今只有讀春秋，臨心經了。
一些陳舊的歷史
如何在心中猛然醒轉呢？

坐在舊日的堤岸
遙想我們曾經擁有的歷史
入夢之前，檢點幾瓣落葉
竟也感到困難
一如前夜我們匆匆寫下的詩句
此刻要在沉重的札記裡
如何努力地書寫一段
摺痕斑駁的陳年舊史？

熄燈之後

關於熄燈以後的情緒
是星斗在天河的火苗間
頻頻對話。破碎的意圖
不端在於想望一次
美麗的構成，並且
因為灰燼裡永不死絕的餘溫
一如我們的心情
在滾沸的血液裡，流動

至於熄燈以後
黑暗是我們唯一的寄託
被衾的溫度，不僅
相對於窗外的微寒
而且，在流動的血液裡
溫暖的信仰，終必是
冬雨的季節中
一點猶溫的星火
在昏黯的黑房裡
兀自發光

然而，熄燈之後
我們的心情總也是孤獨的。
據說，在黑夜的荒原中

任何純粹的顏色都是寂寞的
至於暗夜的天空
是我們無法馳想的星斗
而英雄存在的意義
終不免有些感傷

發表於《曼陀羅詩刊》創刊號

臨帖心事

用一方破損的墨條
在素白的紙上努力臨帖
陳舊的掌故，只怕
沾染太多的赭墨了
猶如我不擅臆測妳的心情
關於墨色的濃淡，總是
無力加以辨認

手握寸管，且凝目沉思
並酌以晚唐的軼事

（錦瑟聲中，紅樓雨冷。
西風竟伴月色走來……）

墨色也許太淡了
再加入一點思念吧！
微顫的手掌
輕撫著隱隱波動的心事
這一筆該落在紙上的那一端呢？
墨色也許太濃

且再摻入些許淚水
並調以舊日的風霜
（這一筆是否太重了呢？）

微弱的秋蟲聲中，彷彿
有一縷螢光淡淡飄入

無法想見妳薄薄的容顏
如何傾出幽幽的神傷
就再淺斟細酌吧！
不管這一筆太濃或者太淡
在素白的紙上努力臨帖
臆想妳雜沓的心情
終是很難

發表於《曼陀羅詩刊》創刊號

沙盤心事

在沙盤上努力推演
一段激沉的戰勢
心情不斷從層巒疊翠的山色
凝聚在激流澎湃的江心
（夢裡走過的紅塵滾滾啊！
詩句是難以落筆的了）

兩軍對陣、勢成龍虎
突圍的方向，不意
竟就是我們年少激越
鎮日留連的岸邊

（詩句是難以落筆的了）
只是未已的情感如此青澀
一如詩句，未經鍛鑄
怎能雄然以遠流的江河自名呢？

這無非也僅是一樁陳年的舊事
在心底不斷地翻案與錘鍊
等候駁痕盡蝕之後，我們依然
堅持火燼猶溫的信念
而面對殘兵消曳的谷口
晚雲匆促掌燈中，一種
陷溺的思緒也不知如何說起

夜燈

再沒有什麼能夠引起風聲了
夜燈流浪在飄落雪花的晚上。
一種略帶遲疑的移動。
我搖晃的心情，依舊懸在
每個最易引起啜泣的雪夜。

而渡頭上漁燈綽綽
水聲夾雜著輕微的喟嘆
這時從淒冷的江岸歸來
並帶著點昨日的酒意，並

努力設想密林中搖晃的影子
心情也許值得一些
微微的啜泣，
　　在這雪夜。

燈光映照在清冷的江岸
水聲搖盪。心，也搖盪。
凝重的足音，依舊是很難啊
除非傷痕足夠引起風聲
足夠引起愛，與淒美。
在這雪夜。

再沒有什麼能夠引起驕傲了
夜燈徘徊在流漾雪花的晚上。

再沒有什麼能夠引起風聲
引起啜泣，以及
驕傲，以及
雪花。

發表於《曼陀羅詩刊》第四期

我有一個真實的故事要告訴妳

那時，正是臘月的隆冬
群雁從北方飛來
在泛潮的河口上，長草深坐
這時蘆絮早已落盡了
水色凝脂的薄霧裡
古橋涵洞間，搖櫓聲響弄不絕
而水湄暗潮湧動，一若
妳我不可意會的心事，如此難測

是的，在這臘月的寒冬
我有一個真實的
故事，要告訴妳
在霜雪初降的每一個早晨
河邊的林木紛紛舉起戰鬥的意志
這時，應有逐水而行的漁人
沿著窸窣作聲的水草
尋覓每一個生活的根源
在新泉汩湧的水源深處
也許有鐸聲震響的國度
或者遙迢的桃源，清流依稀……。

然則，要如何告訴妳
這一個真實的故事啊！
綠舫舷畔，幾聲鷗鳴之後
對月論詩以酌酒
妳我總是最先沉默的人
除靜聽一夜蟲聲與水聲
黑暗中，相視彼此
容顏間閃爍的迴光
我們也一樣把心靈逐鹿水湄
努力尋訪一個最古的源流

是的，在潮汐日夜泛動的河口上
水路蜿蜒，櫓槳的倒影
撥弄著繾綣的水聲

遂想起那年月色，侵入水中
而分別時，我們依舊無言
唯獨眸中波光與一夕水色粼粼不止

發表於《曼陀羅詩刊》第三期

卷四　夢際

穿越夢的邊際
詩是一隻長了翅膀的巨獸
一切再也無話可說。

坐讀景美溪

在溪堤的左岸
我靜靜坐著
觀視水草以及紅花
在風裡招搖的姿態
溪水沉默著流過，如此
我更不知道，這裡
該是景美溪的那一段了

在微涼的午後
這裡的雲量早已不多

遠處傳來的笑聲
隨著橄欖球的速度
在風中，恣意飛舞

一個小孩，為了覬覦
落英繽紛的掌聲
向著陡斜的溪堤
勇敢地，奮力上行

隨後，許多人
僅是為了歡笑的理由
在廣場的草皮上追逐
熙攘的聲浪
卻淹沒糾結錯落的足跡

在如此接近夏日的午後
這裡的風聲已是很響了
而我獨自坐在溪堤
只是希望知道
風箏飛起的姿勢
以及各種角度裡
它美麗的可能
除此，陪伴流過的水聲
我只是沉默不語

發表於《葡萄園詩學季刊》九十五期

水草

——兼致H

雖然是在疏落的雨季裡
我們也並不怎麼渴望晴天
就像不懂得飛翔的方法
環繞在短窄的城市邊緣
我們流浪的生活
只是安定的另一種方式

然而，我們生命的軌跡
充滿無奈與自由的挑戰

在離開故鄉之後
留下身後複雜的水紋
尋訪旅途中，杳遠
壯闊的水域
並將衍生的孤獨與決心
拋擲於浮雲氾濫的天空
在這裡，一整個冬季
我們以各種猶豫的姿勢
完成彼此生命中的距離

在離開故鄉以後
每次短暫的停泊
終是無奈
簡單的幾個鉛字

湊不出一封草草的家書
執意流浪的心情
也掩不去流失的壯志
唯獨驕傲與執著

唯獨驕傲與執著
在每個放晴的日子裡
悄悄從心底爬起
而我們停止漂移的心境
只以最初的驕傲
執意伸向波瀾壯闊的水中

發表於《葡萄園詩學季刊》九十八期
入選《當代台灣詩萃》——湖南文藝出版社

大甲溪

——台灣主要河川
禁止傾倒垃圾

當然，面對下雨的季節
我們的心情可能不會太好

從落日的地方出發
穿越峽谷的喉帶

那彷彿正是生命的起點
而大甲溪就蜿蜒在我們前方

侵早，這裡霧色濛濛
但我依稀可以感覺
溪水流動的樣子
（輕緩而且沉默）
帶著來自上游的沙礫、塵土
以及垃圾，並且切割著
一條地緣的斷層
就這樣子流過冗長的歲月

在大甲溪濛濛霧色裡
橋也是沉默的

白鷺鷥踮起腳
輕易地就躍過來了
水草手牽著手，背靠著背
聆聽流了千百年的水聲
當然，它們最能明白
生命的意義不僅為了生存
而且必須努力學習
在狂風暴雨中，如何
壓低姿勢，蓄勁反擊

在大甲溪，九月以後
流水總是驕傲的
然而，面對下雨的季節
我們的心情確實不會太好

風箏

——這是一種向上的
美麗的姿勢。

一、起飛

就是用這種姿勢
凝立在敻遠的天空
顧盼。除了浮雲
一整片空白很難填滿
就像我們昂藏的心情
對於尊榮的渴望

卻終只能，不意地
微微，飲泣。

II、固定飛行
在這裡，固定著方法
飛
翔。
天空的顏色，不是藍的。
而含有更多的驕傲與寂寞
這就是風主要的意思。

III、降落
裝滿了希望與決心

我們就要在藍色的草坪上
降　落。
並　且。
並且收拾起酣美的夢境
再回到綠色的天空
努力修改生活的敗筆。

而我的詩
關於生命的，總是孤獨。

發表於《曼陀羅詩刊》第五期

我是一尾不擅泅泳的魚

像月光一樣，飄浮
在靜寂的海上
我是一尾笨拙的
不擅泅泳的魚。

且努力地感覺，生命
深邃的律動吧！
猶如我不知如何鼓鰓
呼吸，振鰭遨遊，我是
一尾不善思念的魚

潛藏在遙遠的深水之中
偶然凝想泥土以及水份
之於一叢水草的重要
而海岸與水，只是
我等待的寂寞

然而，像無法張翅飛舞的蛺蝶
蟄伏在深深的水底
時時感覺迎面泛動的暗潮
我是不諳飄泊的
一尾纖瘦的魚，像月光
錨泊在平靜的海上，吞吐間
梗塞在咽喉的詩篇
總不知如何鍛鍊

而我不是遠來的月色
只是不擅思考的
一尾蒼白的魚

發表於《曼陀羅詩刊》第六期

無翼的蝴蝶

那些坐困愁城的日子以來
做為一隻無翼的蝴蝶，我
想飛，然而無翼
所以，飛翔的企圖是很難的

而難以繼續的繁華與孤寂啊
我因此對飛躍的心情終日夢想
在漲落遄飛的粼粼波光中
我獨自面對潮水，擁抱傷痕

關於長年植根水域的繁花
我早已無心遐想
我眷戀流水的心意
也一如我對雙翼堅貞的等待
至於流過的水聲終究是太多了
所以，做為一隻無翼的蝴蝶
我，想飛的企圖，宛然
灼耀的群星——
明亮。

而這些困坐的日子以來
我早已習慣獨自憂愁的方式
猶如在蔚藍的天空中
我早已不輕易企求雨霧的來臨

我自囚的斗室依舊黑暗
只有偶過的水聲，潺緩
至於無翼的我
飛舞的夢想也仍是很長——

而難以完成的宿命與感傷啊！
終日我努力哭泣的心
黑夜裡化成美麗
在破曉時刻我將振翅
——飛翔

發表於《曼陀羅詩刊》第七期

鳶尾草

展開雙翼，我就要
振翅，向最高的天空
奮力飛翔。……

然而，寂寞不是我的本意
在靜寂的星空下
我只是孤獨的心情一種。

發表於《葡萄園詩學季刊》一〇五期

聚草

沿著河的方向
曲折地走
水中的倒影
是我蘊藉多年的心事。

而我靜坐，默默
等一片最遠的雲
緩緩靠近

發表於《葡萄園詩學季刊》一〇五期

斷層

恍如一切終將墜落天際
妳我把臂前行
驅使卑微的意志
去探求無知的生命
在乾涸的地表上
我將努力學習
找尋斷層龜裂的方向……

在心中，我默默期許
並且斷定：

這必是一條美麗的流域
兩岸有希望沿途生長
自綿密的意象裡
只要順著蘆花開謝的位置
便可追尋層層泥土覆蓋著的最初了

因此，我褪下紅色的外衣
赤裸著心靈步入荊棘深處
企圖以不可預知的心情
去測量河水的溫度
那怕潮水漲落，急促
如此急促……

沿著野雁啁啾
芒花瀉落的姿勢

我驚懍於斷崖懸落的深度
心中惴然有聲
（風聲鶴戾，草木皆兵）
豪情壯志在此四圍合擊
之後，乃有我孤絕的希望
在智慧的底層引爆

而我於驚心之外
仍不免顫抖，只因
在生命重重的阻隔當中
縱橫交錯著那不可測知的
地質年代裡，一條條
無法跨越的歷史斷層

發表於《葡萄園詩刊》第九十七期

我在日落的地方

——致襲加

我在日落的地方
寫信給妳
晚春的落寞，乘雲翳走來
想朝陽昇起處，晨曦微涼
妳正梭巡於城市隙縫裡
找尋生活的靈感
抑或蝸居泛藍的廊簷間
努力寫詩，並品茗流光逝去的憂傷

在日落的地方
我想，寫信給妳
晚霞渲染著薄暮的情緒
想別來詩心不再的我
如何對妳傾訴
年少時候的詩與理想
山與山的對白，流漾在水岸間
浮襯著我的沉默與凝想……
在這晚春時節，遙想
淡水河與京都的距離
怕是比夢還遠

在日落的地方寫信給妳
想別來紛沓的思緒，紛沓地
鐫刻在別來漸淡的詩心

我曾經這樣想過

——給W耶誕前的生日

我曾經這樣想過
假若：心，是一條河流……。
而愛意是如何奇異的花朵
枝蔓叢生，沿自河的兩岸
沉靜的心緒，思索著
水質如何給予養分
攤開雙手，人們總說：掌上的紋路
源自盤根錯結的心房。

而愛意是如何奇異的花朵
在髮秩飄揚間，展現光鮮與美麗

我們曾經如此想過
假若：心，是一條河流……
在深水與淺灘之間
如何抉擇情意的流向
澄澈的水流，垂訴著：
在星光明滅間
我們必需回到歸宿

（而愛意是如何奇異的花朵）

是的，我曾經如此想過
假若：心，是一條河流……。
在河岸，植滿希望與芬郁
如溢香的百合
（而愛意
　會是如何璀璨的花朵）

花徑

筆直地，穿過
綠色芬郁的陽光花徑。
（綠色的芬郁，充滿幻想）
鎮日裡，我們迷戀花的心情
就像活躍的金色陽光
所有不經意的仰望
都交給來夜的群星去夢想吧！

某些時刻，我埋首獨坐
苦苦地想：花，獨自開落

（花，獨自開了——又落）
潮汐漲落，非關月色
想必只有心緒千結時
才知結繩莫辯的花語。

穿過花徑，必須
筆直地，穿過

透明的花芯，沒有顏色
綠色的意象，也只是一種孤絕。
所以，筆直地穿過花徑
簌簌落下的花瓣
無聲地，裸呈鮮明的脈絡。

鮮明的，意念
輾轉反側。

在花徑，筆直地走
苦思花的獨自開落。
（生命非關水月明滅）
唯生長的技巧
必須誠實，肯定
必須，筆直地——
前進。

然而，夏日將至

（在春去之前
許多花蕊將結成種籽）

沒有難懂的逗點
這是清新而敏銳的敘述句
在春雨喧鬧中，許多花的故事
將次第展開……

而怎樣昂然的意趣
才能停駐在妳優雅的眼眸

雋永的詩句，是我們
夢裡不曾甦醒的閒情
蜷伏在，葉與葉之間
冰釋著根與根的糾結
等候春末，雨季來臨
花蕊闡釋遠去的春夢
一種隨想，便是一粒結毬的種籽
在春去之前，愉悅
是第幾日春雨來時的渴望

而夏日將至

如果側想：花開時的喧譁
春意將沉靜如詩句難成的寂寞

在高溫的空氣中，夏日
終究是一句晦澀的對白
浮貼在雲影詭譎的天空
設問不成，飛白不成……

然而，夏日將至。第幾次
側想繁綠的花的意象，在春去之前
舒展成一張張陌生的面孔
優雅的渴望，在春末
只是妳眼中游移難懂的獨白

列島手記

一、列島上

所有的星子
都在這裡降落
所有的懷鄉與豪情
都在這裡，翩然飛翔
我的心，有幾許難理的紋路
阡陌縱橫，通向萬水阻隔的脈脈天山
於此，島上的風速
只有戍守的歲月方才能夠明瞭

二、戍守心境

而如何才能回到一貫的風格呢？
我們固定的習性早已遺忘
每個起風的午後
面對靜默的大海，猶如
面對寂寞。

船艦泊經巡防的航道
水路分開兩岸
心中矗立著難以接續的風景
高山，偉岸，有著相同的想念
並且在隱隱泛動的潮汐間
吞吐著，湛然的心事

面對如此的寂寞，面對千山
堅定的，只是我飛越
再飛越的縷縷意氣昂揚

三、夜哨

沿著曲折的坑道，前進
如果寂靜來自四面八方
蟄伏著，冬眠
這就是我們奮戰的姿勢

而每個靜謐的夜晚
瞠視著暗淡的星空
遠山依次羅列
在戰鬥與夢寐之間

我們無數次張開如豹的雙眼
銳利地，睜視、捕捉
不安的海域上
緩緩泊動的船隻，無數次
我們壓低姿勢，躡步潛行
狩獵著每個寂寂行走的暗夜
如此蟄伏在海域邊緣
我們專意地瞠視夜色
瞠視著來自四面八方的沉默

四、灘頭堡
向著地心，挺進
向著潮濕的黑暗，挺進

向著潮汐漲落的分界線
我們挺進。

且緩緩地，微弱的喘息吧！
我們面對著山脈呼吸
怦然的心跳躍著，在灘頭堡
冷風挾帶鹹濕的空氣
不斷侵蝕我們堅定的信念
月色降落在孤獨的海面
黑暗裡，我們不曾明白黑暗的意義
所以挺進，所以
我們必須挺進。

在灘頭堡
曲折的甬道中

只有冷風中的信念
是黑暗中為我們領航的前方

五、蛇島春秋

水路蹁蹁躚躚地
蜿蜒著過去，幾顆鵝卵石
就足夠埋葬你的一生，在蛇島上
草，終究是可以成為不朽的英雄的了

所以，水路從此蜿蜒出去
穿過對峙的山脈
鼓動的風，指引著草的方向
鵝卵石的夏天，終究
是比英雄的秋天來得美些

因此，風鼓動著草順勢向海裡靠去
儘管有些虛張聲勢，但壯大的豪情
畢竟只有我們明白
所以，沿著蜿蜒的水路

所以，沿著鼓動的風
草，指引著方向
而島上的天空
畢竟只有變化萬端的雲知道

卷五　至於詩

而季節的來意總圍繞著風與雪。
不由分說。

都是月光寫的詩

——讀陳皓《在那裡遇見寂寞》之不負任詩評

千朔

「這世界所有的規則就是沒規則」，已經忘記這句話是出自哪個名人之嘴。好幾年前，第一次乍聽，真覺得如雷鳴耳，經過這幾年的偶爾想起，也還覺得頗有禪意的玩味，是怎麼說也說不得的真實明白。就像，只要有詩出現的場所，便會聽到有人討論「什麼叫做詩」、「什麼是文學」、「何謂藝術」等議題。而幾千年來，這些「什麼」，也一直還是「什麼」。有主見的創作者、詩人、作家，甚至是讀者的心中早就自有其定見，至於沒有想法或還在摸索、學習的人，則是讓百家齊鳴，正所謂的「各花入各眼，各投其所好」吧。

現代詩從五四運動發展至今，可說是五花八門的寫作方式都有了，各種評詩批文的理論，現今也成熟可見，就如詩人吳晟曾以〈我不和你談論〉一詩，表達對於寫詩與評詩的觀感：「我不和你談論詩藝／不和你談論那些糾纏不清的隱喻／請離開書房／我帶你去廣袤的田野走走」，而陳皓也曾自訴：「關於詩的觀想，其實就像禪思一樣。當有原則，卻不執著。」所以，看《在那裡遇見寂寞》這本詩集，我真的以很單純的讀者之心情閱讀，而愈是純粹就愈無法專注去分析詩的修辭、架構、鋪陳、句法種種，腦海不斷翻飛而過的是「宛如一個人乘風漫遊月光河上，這些詩句都是月光寫的」。

是的，「月光」這個名詞在文學上，已是一個很古老又古老的老梗用語了，然而不能否認的，她依然是恆長而歷久彌堅的繆思之光。一如這本詩集給我深刻的感受——「絕對抒情」。並非這是一本情詩詩集，而是詩人在這本詩集裡所呈現的詩情、詩想、文字運筆的造韻生氣的氛圍之中，都渲染著極為濃郁的抒情情境。譬如這首〈然而，夏日將至〉：

（在春去之前
許多花蕊將結成種籽）

沒有難懂的逗點
這是清新而敏銳的敘述句
在春雨喧鬧中，許多花的故事
將次第展開……。

就算是即將寂寞而孤獨的離去，獨行的身影也彷彿是一幅水墨畫，若隱若現在飛花輕夢般的春舞裡而去，這樣的詩情畫境一直反覆在這本詩集的字裡行間，也就無所謂的刻意或雕飾，反是自然地渾成一體。就如詩人自談詩觀時所言：「如果要找一個方式來談談我心中理想的詩的樣貌，或許應該這樣說，首先我覺得詩應該要『美』，但卻不是『唯美』，這個『美』表現在辭藻上，也表現在意境上。所以我直覺認為詩的文字該有一定的『厚度』……。」這個「厚度」在詩人的詩句中所呈現出的，是一種自然而然的藝術美感，不鑽營雕琢，卻直抒心中情懷，就像〈斷想〉所寫：

黑暗裡
悄悄捲起明亮的心情
像捲起一根瘦瘦的煙草
等待著，點燃
一把燎原的星火

一本詩集的選錄不可能只有一種風格，況且這本詩集跨越詩人幾個重要的寫作時期，所以詩集主要分為《起始》、《初生》、《渴望》、《夢際》四部份（第五部為相和回應），前四部分包含詩人前期學習的詩文，轉折擴行的抒寫，到詩想較成熟的作品。早期的作品雖是學習多於創作的意味，但亦有佳句，且含有他個人的詩想存在，這可從他寫「燈影熄時只怕／只怕又將是／塵埃落定的明天了」（黃昏過北門）。整體的串句看似平凡，但經過朗讀的咀嚼品味後，便會發現詩的節奏與音樂感是飽滿情感的律動，可見陳皓對於現代詩的寫作技巧早已拿捏的恰如其分，因而當他寫「醒來／夢就遠了／以為誤會是更美的／更美些的哀愁」一文，以「更美的」、「更美些的」這二句語詞的運用，除了表現語言朗讀的變化外，同時也強調出詩人的「哀愁」，是具有藝術之美的氛圍。

而詩集從《起始》開始的小文「起始的時候／我們都專注於每一條直線代表的意義。」就像是一個故事的出發，故詩人第一篇選詩以《雨的心情》開始將自身內在隱含在生活中不易顯露的寂寞，順著雨自然地寫起潑墨之詩，「抒情地走過／街道，下雨／長巷接著短巷／相逢是不自主的邂逅」，生命的緣份是如此詩意的相逢，即便相逢不相識地擦身而過，也將這冷冷孤寂在雨中彼此借詩雨（語）洗去煩悶，這也是詩人將自我心中不道予人知的孤獨，抒發而寫的一種詩趣，所以他寫道「怎樣的相思／才是相思」（另一種思念），以及「飄泊以後／一切本是隨緣的／只因每經回憶／往事便已溶化／所有不該想起的／也就任性了起來」（夜宿淡水河）；因為詩人對於世間有著悟與迷的矛盾心情，在面對真實人生，也就有著「隨緣而認真當下生活」的感觸。因此在詩集的第二卷便以《初生》為詩選的開卷之語——「耽溺著對於愛情的想像／我們的思緒／總是垂憐著一朵花的初生。」每個人一生的際遇總是不斷與他人交錯發生，但在歷經世間更迭擺宕之間，再回首的感慨總是「初心最真最美」，這也是人們為何對著初生嬰兒，總是忍不住喜愛、開懷的緣故。而許多歷經愛情之人，對於初戀情懷都難以忘懷，因而詩人也有這樣的感觸情懷，故寫下了「在寂靜的初冬夜色／我獨坐聽雨／心事漸漸涼了……／些微的激動／換成草草的無情／在杯停酒散之後／彼此的面孔終將陌生」（初冬微雨），又寫「唯有將流轉不定的執著／頓化於枕戈待旦的片刻／生命才得永恆／妳說」（子夜書），和「恨字最易，愛字最難」（信）這些深層心語，在經過生命淬煉與思緒的冷靜思考後，化為詩意的邏輯寫作，譬如〈姿勢的變奏〉這篇分為「站姿」、「坐姿」和「臥姿」三種不同的寫作，且將自身中寂寞的影子投射其中，宛如是魂與體分開的對白。

在第三卷《渴望》，則像是詩人對著世人告白——「我長大了」。詩人的詩在經歷時間與歲月的琢磨、沉澱後，有著思想的變化，雖然這本詩集的大部份為舊作選輯，但經過這麼多年後再回首看這些作品，也再次看到自己當年寫詩的一些生命歷程。從這一卷的選錄，便可窺見他當年寫詩歷程中的一些成長。於是，他在此卷的開卷裡寫下「幾個渴望以後／才能憶起每一種悸動，當詩來時。」詩來了，人長大了，思想蛻變了，便有羽翼豐厚的欲動，因此他寫「我看見，小小的水滴／與夢幻同行／將靦腆的青春／苦苦鍛鍊」（飛想）。這種想飛起飛的心情，有時只是一種個人的凌霄壯志，生命在最高的境界裡，常是最平靜也最孤寂的，詩人也可能是因此被註定是寂寞的；那種冷冷而無法說出的心情，一是上帝賜給人們的影子，一是入睡後的夢境。於是他寫了〈熄燈之後〉、〈夜燈〉二首詩，至於滿腹的心事，則寄語〈臨帖心事〉和〈沙盤心事〉，在這一卷詩中，我反覆數讀最多回的則是〈我有一個真實的故事要告訴妳〉。

至於個人較偏愛的作品多數在第四卷《夢際》，其中有幾首在網路上閱讀後，曾試著寫下有感的回應。但自己私心最喜愛的這首〈我是一尾不擅泅泳的魚〉，或許是因為所引發的情感太強烈，而無凝聚出具體的理性思考，這也正如詩人所寫的「像月光一樣，（我）飄浮／在靜寂（無人無聲）的海上／我是一尾笨拙的（感覺自己的生命本能逐漸消失）／不擅泅泳的魚。」任何一種生物都有生命基礎活動的本能，一如魚群生活在水中，也有其天生本能——能在水中活動（游動）。但詩人以一隻魚自喻，卻不擅於在水中游泳，就好像在說明自己對生命的感受，有某種無法被滿足或自我滿足的欠缺，所以感到困頓、無力；而對於生命的存在，詩人的感受是「（且）努力地感覺」。只是這世間有很多事，都不是努力就一定會有成就感的，但不努力就更抑鬱困難，因此詩人又寫「生命／深邃的律動吧！」以自我鼓勵、期許地向更深層的生命思惟呼喚，藉以突破矛盾掙扎的瓶頸，往自由飛翔。不過，天空有雲、陸地有樹、有坑有洞，怎可能讓人一路暢行無阻，這反反覆覆、且行且停的人生，讓他又寫「我是／一尾不善思念的魚／潛藏在遙遠的深水之中／偶然凝想泥土以及水份／之於一叢水草的重要／而海岸與水，只是／我等待的寂寞」。這一切，有如作家們常說：「寫作是一條寂寞而孤獨的路」，在這條路上，總有許多人以等待的心情在創作；可是，並非人人都能看到曙光。就像月光一樣，總不能看到白天的日光，所以整首詩的流轉到最後「……

像月光／錨泊在平靜的海上，吞吐間／梗塞在咽喉的詩篇／總不知如何鍛鍊」，正因思考的無措，而不知如何鍛鍊，不知如何努力對生命、對生活，甚至是僅屬於詩人獨有的詩想、詩意，所以那枝神聖創意的神來之筆，總是不沾墨的令人蒼白而透明，這樣的蒼白也像是沁透到人間，處處暈染地染及詩人，讓他有感地寫下「而我不是遠來的月色／只是不擅思考的／一尾蒼白的魚」。

喜歡這首詩，最初的原因很單純——就是喜歡。在寫文之初本想當個抄詩小工，然後很不負責任、很任性地說：「就是喜歡吶，哪要這麼多理由解釋呀！」因為身為一個讀者，其實可以很單純的因為一句詩話感動，即便是誤解其意的感動，也無損這首詩存在於詩人的原作創意，或其他讀者的解讀。故在讀這本詩集時，我多數是以純詩的角度閱讀。所謂「純詩」的觀點，該是引用楊維晨所說的：「……任何一首現代詩，如果能以（此種）純粹的心態去欣賞，你就能品出真味來，那怕只是一點點，但那就你自己的；至於在你腦中其他的問號

——諸如『這首詩究竟是什麼意思?』『詩這樣寫好嗎?』……等,那都是別人的,學校課本上的,那不是屬於活生生的生命的,不是屬於藝術的,不是屬於『詩』的!」(見曼陀羅詩刊Ⅲ)關於寫詩、讀詩,我非常認同這一段話,凡關於創作(絕不包含抄襲)都與創作者有習習相關的牽連,如學識背景、成長的生活習俗(習慣)、外在環境接觸的人事物,致使人們對相同事物有了不同的解讀。好比有人對蜘蛛的認知可能是「辛苦的織夢者」,但有些人則會認為牠是「活該餓死的捕獵者」。

然而,面對現代詩現階段的真實環境,有些詩是真的必須依靠理解詩語言的賞評文學者,解釋某些詩人所附著在文字上特有的意涵或意象,才能真正理解其詩所要表現或傳達的訊息或思想。所幸陳皓在文字的功力上,掌握的十分精熟,不管詩作是以整體詩境或詩意為主軸的表現,只要順著詩人所營造的詩情境地,便可品味出詩中的情境與意象。雖然,我沒有引用任何一種藝術評論來論述這本詩集,但就如詩人自述：「……我的詩，〈我是一尾不擅泅泳的魚〉、〈無翼的蝴蝶〉、〈風箏〉等都是完成於相近的時空裡，屬於借物暗喻心中某些想法的詩，儘管仍維持一貫淺白流暢的語法與調性，實則本意皆是另有所指，從另一方面也來說，也因那些時節裡，因執著於創作、因生活、因情感而產生心靈上的困頓，時時感受到一種生命本能的流逝，就如同作為一條魚而不擅泅泳；身為蝶而無翼；是風箏卻處處為現實所掣肘的無奈與掙扎，至於其中使用的隱喻與一些修辭方式，則多數來自自我對於詩的領悟。」詩作本身早已蘊涵了詩人關於美、關於藝術的理念抒發。那些精熟的理念，根本就不須要任何理論來切割詩作，讓「詩」能自由的活著，而不是堆砌成一座文字塚。

也正因這本詩集有著濃郁芳馨又純屬個人的抒情詩意，與近幾年的現代詩偏向後現代主義的創作有其明顯區別。因而，讀這本詩集最好的配備是泡一壺微微淡甜的花茶，放一張自己喜愛的音樂ＣＤ，選一個坐姿可以輕鬆自在的位置，緩緩慢慢品味詩中的況味；我想，這是現代過於忙碌或耽樂溺歡的生活中，人人能無負擔地享受輕鬆樂活的好方法之一。

ＰＳ：其實對於這本詩集，我本來是想寫比較現代勁爆式的內容，譬如看到「我引首翹望／冀候飛蛾的一再撲擊……／於是，我憤怒地摙撞心鼓／並且向世界傾訴一點悲憫／碎石裂帛的聲音／一如最後決裂的血脈」（悔），讀完的第一直覺是想寫：「讀這樣的詩句，好似早餐吃了爆漿奶油餐包，一嘴的奶油膩了全身毛孔，只想倒灌一瓶黑豆漿沖淡這世界的呼吸，與蟄伏在角落蠢動的寂寞影子……」想了想，這樣子寫跟你所堅持的「溫柔敦厚的抒情傳統」的這本詩集根本是完全不對味的；所以，我還是修改了路線。不過詩人的在那裡遇見的「寂寞」，卻有如掛在月光上的風鈴，響透時空的隔閡，也搖得我窗前失眠的小壁虎——都聽見了。

千朔　寫於南方的打狗

二〇〇八年十一月十五日　凌晨三點完成

本文作者：千朔，高雄師範大學國文系碩士。曾任自在詩友會首任執行長（出版二〇〇七／二〇〇八年度詩集）。現任廣告公司美術設計、水墨畫會會員、高雄廣告設計協會會員。詩作曾發表於《人間福報》、《台灣詩學論壇》（詩刊）、《自在詩集》、部落格及相關論壇等。

你可以知不知道，這寂寞

——讀陳皓詩集《在那裡，遇見寂寞》

毛襲加

陳皓，同樣為八〇年代同人詩社中生代詩人，曾有那一段日子的游離，然而於詩的創作和堅持，卻似永遠在詩的流域裏，掬取著恆河裏的微沙。認識他，以詩、以文；這二十多年，仍不改其溫文儒雅，更有一貫的執善的情熱和行動力。不免回想到，當年許多興起的同人詩社，至今還記得「小草詩人」、「詩的朗誦會」（詩的星期三）、「貧窮詩劇場」以及詩的團體像「藍星」、「南風」、「葡萄園」、「黃河」、「曼陀羅」、「長城」、「地平線」、「新陸」和「薪火」……許許多多的詩刊與詩人印象，浮現於當年解禁後的台灣。儘管八〇年代的同人詩社，多各執一方，各自為政的「詩路」，卻也記存了那一段的奔放、自由、浪漫的台灣詩史，即是短暫如天邊的花火，它仍是燦爛而美麗。如果將那一段「詩路」記實與現在的時代環境相較衡，我們必須承認任何時代的語言，都具有其生命力與戲劇性的伏筆，它沒有矯情和渲染，只有一種神聖的背景，在推動著；推動著時代的手。

而這本詩選集所收錄，自《起始》、《初生》、《渴望》、《夢際》、《至於詩》共五卷。不難看出詩人是隨著思維點滴，所展現生活中成長的印記。而從詩集的卷別名稱順序看來，約略透露出一位詩人的心路歷程，與從事空間設計的他而言，似又多了一分敏銳的嗅覺。若要問為什麼對「詩」如此的執著；原因無他，就是延續了那分年少的情熱，及對現實環境的反思及認同。而自古抒情寫意，是永恆不變的題材，而此衍出思維的脈絡，可尋出當時的蛛絲馬跡。

在舊有的詩寫方式向新時代創新的手法，逐漸靠岸之後，新的語言也在一波波的催促和反芻之下；幾近全面翻騰的閱讀習慣，循著文字和時間的軌跡，逐次展開另一種新的語言符號和解讀。這潮流的變化過程中，無論詩者或讀者的書寫方式與閱讀，都將成為意識美學中重要的課題。

一首詩，可以是一幅畫，也可以是空間的築構。在「斷想」一詩中：

黑暗裏
悄悄捲起明亮的心情
像捲起一根瘦瘦的煙草
等待著，點燃
一把燎原的星火……（略）

而陽光是微微的了

一莖茫然尤且衰弱的蘆花
竟自百年的憂傷浮起
站在遼闊的土地
與高冷的青空之間
蒼茫是唯一的印記……（略）

黃昏以後
總要熄燈獨坐，然後
再輕輕把明亮的心情捲起
像捲起一根瘦瘦的煙草
等待著，點燃。

在沒有空間先後順序的安排下，隨著光和蘆花的相次挪移，引領讀者走進空曠的領域。這一首詩從開始，讀者隨著詩人往上看到煙草所點燃的星火，往遠方看到高冷的青空，以及到蘆花的蒼茫。如何是陽光微微之下的高冷，如何又是蒼茫中唯一的印記？那無非是一種感懷的心境，儘管黑暗的來臨，遼闊的土地與高冷的青空之間，以詩人的「眼」，彷彿帶領讀者在流覽星空與寂靜。而詩作中所營造的空間的交錯，在前後的「等待著，點燃」之呼應，也有層疊加強的語調，呈現意象的統合感，隨著這種節奏的一致，也能讓讀者進入詩人所營造的場域，也跟著場域的結束而收束。在表現的手法上常藉助一種借喻的引導，讓意象的踏板，不致於一再地縷空。

詩中自「黑暗裏……」的過程，再回到結尾的「再輕輕把明亮的心情捲起」，是意象首尾相連的設計。行進也是時間性的節奏，可能是黑夜也可能是午後的黃昏，這些比喻都可以輕易倒置，也可以輕易更置，但不失整體性的意象。詩寫過程中，可以說是一種「奇異的旅程」；更多時候，則是「寂寞」。

而「寂寞」並不代表憂鬱或消沉，它或是一段靜下來的時間、當你獨自面對這段靜寂的時間，它就像一位行者的寓言，在你咀嚼美好的果實之後，開始支解和撞擊那些想像，體悟內在的自我之後；那個隨意而生，幻想而存的世界，再能感受到更遠、更寬的視界；而境界的大小，過往的異同，也都將隨著物質環境對於心情返照而忽隱忽現。

在「欲歸」一詩中：

終於
春風
只是心中假設的印象

且必然的
流水將被揉成一種無理的相思
除非是春

不再睡去
除非是花
不再吟啜
但古典的山色
分明已是幅冷冷的
冷冷的落黃……（略）

可是我的薄情
竟已是很薄
很薄的了

這個詩的言語，與大部分傾向詩人心情的抒洩，詩裡的「春風」、「花」、「流水」、「落黃」等大都是對「人生」感觸的借境。這些感懷和最後的——「我的薄情／竟已是很薄／很薄的了」，幾乎是類似散文式的書寫，卻又有濃鬱的想像空隙。「愛」以恆長不變的題材，在抒情詩的領域佔了大半；而此詩的步調在緩緩的流淌之間，佈局了縫隙，再來就是讀者的想像與填充。

而在〈我曾經這樣想過〉、〈我在日落的地方〉、〈我有一個真實的故事要告訴你〉幾首，詩人以複沓的基調，間入詩行中，時空的轉換與虛擬的譬喻，常在詩人作中呈現。這本詩選中，較常讀到類似的反覆曳沓的手法。而要填滿前後意象與這個「言說」的空隙，似乎必須作再次的反思，比對前後的關聯性，倘若假設前後的意象是關聯性的，這質疑就要被謎底打開。

在〈素宣上的告白〉一詩中：

常常在黃昏的街角
我把自己的身影
拉成一縷向晚的寂寞

再把自己的心情
攤開成一張
薄薄的綿紙……（略）

我摒息坐起，凝望
一朵奔月的流雲
你如月的眼神
卻在我發作的傷口
崩裂以亙古的迴音

這首詩，在詩卷裏是屬於較少的「長詩」，意象繁覆而層疊的手法，有時讀來不覺冗長，而詩人營造的節奏，一種清麗的古典印象，在力道上稍稍減弱，卻不妨礙整體性的呼應，複沓的手法，在長詩的書寫策略上，仍不失其效果。詩通常不需加注「標點符號」，但適時的標點和分行，可以主導讀者的感覺方向，甚至產生共鳴。在陳皓的詩作中，幾乎看不到太多的標點，但常見到標注的（括號），那或許是詩人特有的強調風格，善感和敦厚的個性。而最近常讀到類似的語言、符號、符徵等的詞彙，若將符號，做一分類，大致可區分為「聽覺符號」、「視覺符號」，而凡類似歌劇裏的語調、音律、效果……這些都囊括在聽覺的（sonore或acoustique）符號裏；另一種視覺的（optique）符號（註一）、所涵蓋的範圍就多了，這些符號也相對於生命中的密碼解讀，而新詩的形式和特質，將它視為「符徵」，再多的詞彙，都很難解釋的清楚。換句話說，意象的鋪陳，也可是以一個「非意象」的結局來對應，全詩的環節。

詩必然關聯到，對時間的感覺，對景物、對環境的牽連。感覺不就是一種被促成意象環節？在閱讀的流暢性而言，節奏和音律的調和，押韻和音樂性，往往可以超越修辭上的著眼點。詩人「鄭愁予」的幾首雋永詩作中，如「錯誤」、「牧羊女」等都有如是的音律感。

適當的段落和韻腳，也是詩寫的關鍵要素，甚至可主導整首詩在意象之外的靈魂，取代修辭美學的前蹼後仰。

仔細閱讀，讀者會發現：從第一首的「冬雨」到最後的「列島手記」，《起始》的開啟，到《夢際》的結束；像雨水打在河的聲音裡，那樣的自然，水聲其實際是時間的縮影。蘆花在風中擺動，是一種不定感，在陽光陰影下搖動美感成形。沒有一種遠方是絕對的遠方，也沒有一種文法是定法；以光的影子填滿了時間；而隨時間，視覺上的主觀意識也將慢慢地消失。

如果在那裡隨著詩人的想像脈絡而遇見了寂寞，那是什麼樣的寂寞？是你可以知道或無視於它的存在；要問的是：「讀者與詩人在閱讀及書寫的心境上有什麼樣交流，才會蹦出最後的結果？」以這樣的疑問，作第二次的閱讀，你會讀到什麼？帶著什麼樣的期待，又揹著什麼樣的心情，卸下肩上的「符」與「象」，再擷取過往的經驗，及對於古典的綣戀，終可發現一種永不被抖落的「美學語言」在承傳中……。美學意識已然在時代的上記憶了吊軌一個年輕，而下一個意識的光景也在此時，逐漸佈滿黃昏的天際，你可能感受到時代的轉變，時間默默的溜走；而「寂寞」就是對於自己的過往經驗作一個串連的回顧。那不只是對時空的回顧，也是對時間驟然流逝的驚覺，這些都是詩人抒發意象的因素所在。

而一首詩的欣賞，必須逐字逐行行進，才不致在過程中有所閃失。而這些思維變化的細節，自是可以理解，也可以漠視；這也是讀詩的樂趣所在。

在詩卷的最後一首，他說：「草，指引著方向，而島上的天空；畢竟只有變化萬端的雲知道」——〈蛇島春秋〉。這一段的敘述，不但適巧地作了結尾，更是對現象環境的變異，畫龍點睛般地著墨出來，而讀者的解讀方向，可能不一；而在此正好可以窺探出兩個時代裏，不同的文學現象。

如果帶著「期待」，走進《在那裡，遇見寂寞》裏，也許會發現，也許將輕輕撞擊自己的故事，或像瞳孔滴入些許的清水，喚起明亮的視域。這本詩集將藉著出版的契機，回首過去經驗中所形成的理念，作個小小的交代。一如陳皓在詩評論中所提及的：「詩是人類最精緻的語言、而這種語言也是不被匡限，最後形成誠定的格局，凡意象音律、結構、符號等的語言表現手法，所改變的是既有型態的創新，不變的是讀者心中永遠的記憶和感受……」。

襲加（二〇〇九年七月十五日）

註一：《當代美學・戲劇美學——在符號的世界裡》（法・考弗臧）一九七五年，李春熹訳

本文作者：毛襲加（襲加）；曾加入鳴蛹社、新陸、地平線詩社、為八〇年代同人詩社詩刊編輯、曾任職廣告社文案、文藝、戲劇活動取材、現任職動漫關連企劃、作品結集中。

綠舫舷畔，以寂寞為名孤獨的鳶尾草

四分衛

然則君之所讀者，古人之糟粕已夫。——《莊子．天道》

陳皓，在八〇年代中期即曾投身詩壇，近來亦同時以筆名藍欣加入網路創寫行列。一九七五年六月六日起始的民歌濫觴，以及一九九六年元月起始的「詩的聲光」其中朗誦詩的影響，可以說是這個世代詩人創作時的時代氛圍，綠舫舷畔的詩人歌之詠之的詩的內在呼吸。筆者觀察過五年級頭與四年級尾的詩人，較諸筆者身處的五年級中段班鍛句鍊字的國學根柢更為扎實，受到影像圖象的影響也都是在小學或國中時期有了電視以後才開始。換句話說：他們先是文字的思考訓練，再來才是圖像的接受訓練，這是時代使然。

例如〈臨帖心事〉（節錄）：

用一方破損的墨條
在素白的紙上努力臨帖
陳舊的掌故，只怕
沾染太多的赭墨了
猶如我不擅臆測妳的心情
關於墨色的濃淡，總是
無力加以辨認

手握寸管，且凝目沉思
並酌以晚唐的軼事

（錦瑟聲中，紅樓雨冷。
西風竟伴月色走來……）
墨色也許太淡了
再加入一點思念吧！
微顫的手掌
輕撫著隱隱波動的心事……（節錄）

臨帖，臨摹書法；藉以抒懷詩的心情，對詩的欲語還休。例如〈冬雨〉：

冬去時
雨的心情
是修禪於如柳之葉青上
葉青上一朵黃白的小花……（節錄）

或者對詩的繾綣難忘。例如〈說要寫信給妳〉：

說要寫信給妳
其實，我想帶雪去看妳。
由鼎沸的山頭
遽然滑落在冰點的河域
清冷的日子
總是下雨的日子
雪的心事
也就是我的心事

然而，這是一處
陽光充足的草原

一簇被驚醒的白鷺……（節錄）

陳皓以飛翔裡的〈風箏〉為喻：這是一種向上的／美麗的姿勢。他寫：「天空的顏色，不是藍的。／而含有更多的驕傲與寂寞／這就是風主要的意思。」我以為這正是一位詩人的基調。（該詩發表於《曼陀羅詩刊》第五期）

然後，在〈鳶尾草〉他這樣說：「展開雙翼，我就要／振翅，向最高的天空／奮力飛翔。……／然而，寂寞不是我的本意／在靜寂的星空下／我只是孤獨的心情一種。」（發表於葡萄園詩學季刊一〇五期）

我以為詩人到了〈我有一個真實的故事要告訴妳〉，終於開始試探地走出自己的路。

那時，正是臘月的隆冬

群雁從北方飛來
在泛潮的河口上，長草深坐
這時蘆絮早已落盡了
水色凝脂的薄霧裡
古橋涵洞間，搖櫓聲響弄不絕
而水湄暗潮湧動，一若
妳我不可意會的心事，如此難測

是的，在這臘月的寒冬
我有一個真實的
故事，要告訴妳
在霜雪初降的每一個早晨
河邊的林木紛紛舉起戰鬥的意志
這時，應有逐水而行的漁人

沿著窸窣作聲的水草
尋覓每一個生活的根源
在新泉汨湧的水源深處
也許有鐸聲震響的國度
或者遙迢的桃源，清流依稀……。

然則，要如何告訴妳
這一個真實的故事啊！
綠舫舷畔，幾聲鷗鳴之後
對月論詩以酌酒
妳我總是最先沉默的人
除靜聽一夜蟲聲與水聲
黑暗中，相視彼此
容顏間閃爍的迴光

我們也一樣把心靈逐鹿水湄
努力尋訪一個最古的源流

是的，在潮汐日夜泛動的河口上
水路蜿蜒，櫓槳的倒影
撥弄著繾綣的水聲
遂想起那年月色，侵入水中
而分別時，我們依舊無言
唯獨眸中波光與一夕水色粼粼不止

發表於《曼陀羅詩刊》第三期

後陳皓時期的飛翔，必須像鳥飛翔，不只是繫於繩端的風箏。不再在既定的詩的模式裡探索，而需要勇敢地跨出去。可是在詩的發展上，我們不能忽略過去陳皓曾經是「薪火」、「曼陀羅」詩刊的催生者之一。

本文作者：初惠誠，曾用筆名李沾衣、四分衛等。曾為資深出版編輯人，曾為「薪火詩社」社員，「中國青年寫作協會」執行秘書。著有個人詩集《珊瑚先生》、《穿牆記》等著作。

寂寞微微

——陳皓詩集《在那裡遇見寂寞》讀介

陳謙

「驛外斷橋邊，寂寞開無主。已是黃昏獨自愁，更著風和雨。」每次重讀陸游的〈詠梅〉，總會想起詩人在這個文學價值低下的時代，獨自開著詩花，吟詠自賞，落寞的處境。

詩是意象的呈現，本質上傾向抒情。詩以美感感染他人，讀者反映出來的不是理智的思索，而是作品的悵惘與疼惜。

陳皓收集在《在那裡遇見寂寞》當中的詩作四十五首，修辭上保有古典的節制，但內在的情感藉由語言的釋放卻如奔流的溪澗，淙淙有聲。輯分五卷，卷一《起始》，自然也紀錄著寫詩的初衷。〈雨的心情〉提及：

抒情地走過
街道，下雨
長巷接著短巷
相逢是不自的邂逅

且待雨冷
花落了，那麼
被拾遺的一頁真情
是很重的寂寞
很輕的虛空

寂寞很重，虛空很輕。一直到雨冷花落才體會出那才是真情。詩對大多數人而言，是一種心跡的表露，特別是在初涉詩文學的同時，情感的表露，猶如季節的感觸所帶給人們的嘆息。陳皓的文字取法典麗，精神上也承襲溫柔敦厚的詩教遺風，〈欲歸〉裡，文字淡瑩而清巧：

終於
春風只是心中假設的印象
且必然的
流水被將被揉成一種無理的相思
除非是春不再睡去
除非是花不再吟啜
但古典的山色
分明已是幅

冷冷的
冷冷的落黄
於是
我企圖忘卻
忘卻
一顆心的夢
並南方的秋渡
可是
可是我的薄情
竟已是很薄
很薄的了

落黃、秋渡、春風、流水……古典的意象與白話敘事並置，產生文白交雜的空間情調，古典的山色對比現時悵惘的心境，一種傷懷不禁發生。陳皓的文字善於傾訴，對話的場景經常出現回憶的自省自傷，詩人是天地間的旅者，本性漂盪而隨性，〈夜宿淡水河〉中的浪蕩，本該是隨緣的，情感的流變也該隨緣，只是回憶襲來時，悵觸紛陳：

飄泊以後
一切本是隨緣的
只因每經回憶
往事便已溶化
所有不該想起的
也就任性了起來

這些作品建構了陳皓作品的語調與顏色，一種獨白傾向的意識流淌。內裡的慣性語字，成為陳皓風格的另鮮明面貌。

答案般的自問自答，有著散文化的傾向，但由於援用古典得宜，又讓停滯的古典重新活絡。卷二《初生》，亦延續且懷抱著對於愛情的情傷，一次又一次的耽溺在自刑自傷的困境。在〈懷想〉中，亦有此種情懷的蔓延：

在這裡揀拾
一脈紅紅的葉
並且揉上九月的顏色
就悄悄地惦記著妳
（飄雪以後
這便是我薄薄的一次思念了）

而等待著明年

妳我一同檢閱書札
重複溫習一段舊情
就在我們不記得的那頁
請為薄薄的枯葉，再滴上
一滴清瑩之淚，也許
會有今年的印象
輕輕翻舞

而我們美麗的希望
仍要旋旋飄落
在曾經交錯的心頭

這種抒情的字語圍繞在整冊詩集中。陳皓的作品以抒情見長，但身處於八〇年代末期。是時黨禁報禁業已解除，言論自由，報紙增張，出版品題材紛呈，不只黨外刊物大鳴大放，就連同仁刊物色彩濃厚的詩刊也躍躍欲試，充滿旺盛的企圖心。

陳皓當時就與友人創辦《薪火》詩刊，並擔綱主編一職。猶記得他不止一次的引述「其薪既盡，惟火始傳」這句話說明刊物名稱的由來，及其「壯烈」的情志。這種由內而外的豪情壯志，不只在作品中實踐，也在社團參與上逐夢踏實。影響所及，作品亦有反應。一如卷三的《渴望》，正是對「對於現實世界的正視」：

坐在舊日的堤岸
隨意檢點飄舞的落葉
入夢之前，手握
沉重的札記
許多歷史的片段
將逐漸醒來。

「僖公四年春，
齊侯以諸侯之師侵蔡
蔡潰，遂伐楚。……」

而這是一條何其幽邃的夢路啊！
林間灑下紛紛墜落的詩句
從太初的上古，到如今
我們愕然。

夢中醒來，我們愕然。
越清明，入晚唐
縱橫五代過兩漢
征騎聲盡，月斷殘陽

昔日的舊怏啊！
我們無力遮掩的豪情
都因塵囂日上的鼓聲

而留下繁華的摺痕，並且
也在日日夜夜的征伐聲中逐步褪色
如今只有讀春秋，臨心經了。
一些陳舊的歷史
如何在心中猛然醒轉呢？

坐在舊日的堤岸
遙想我們曾經擁有的歷史
入夢之前，檢點幾瓣落葉
竟也感到困難

一如前夜我們匆匆寫下的詩句
此刻要在沉重的札記裡
如何努力地書寫一段
摺痕斑駁的陳年舊史？

〈我們擁有歷史〉亦以抒情為本位，吐露出對歷史的遺響。文字富有音樂性，但空間跨度極大，「越清明，入晚唐／縱橫五代過兩漢」，且焦點並不明確，讀來亦覺吃力。陳皓的作品。亦多有實驗的樣貌，〈姿勢的變奏〉中的：

三、坐姿
在禮堂裡正襟危坐
聆聽主席發表今日的宣言
（關於底片曝光的問題

那本是勤於戲
荒於學的結果
至於我們的信條，我相信
那是恆久不變的真理）
在電影院，我正襟危坐
等候劇終的字幕

主席的宣言與底片曝光的問題並置，形成詩美學上轉喻（Metonymy）中的置換，拉大對比的戲劇性衝突，十分可取。卷四「夢際」，則出現地景地物的描繪與書寫，對象不再是女子，而是土地。試看〈坐讀景美溪〉該詩：

在溪堤的左岸
我靜靜坐著

觀視水草以及紅花
在風裡招搖的姿態
溪水沉默著流過，如此
我更不知道，這裡
該是景美溪的那一段了

在微涼的午後
這裡的雲量早已不多
遠處傳來的笑聲
隨著橄欖球的速度
在風中，恣意飛舞
一個小孩，為了覬覦
落英繽紛的掌聲
向著陡斜的溪堤

勇敢地，奮力上行
隨後，許多人
僅是為了歡笑的理由

在廣場的草皮上追逐
熙攘的聲浪
卻淹沒糾結錯落的足跡
在如此接近夏日的午後
這裡的風聲已是很響了
而我獨自坐在溪堤
只是希望知道
風箏飛起的姿勢
以及各種角度裡
它美麗的可能

除此，陪伴流過的水聲
我只是沉默不語

在「接近夏日午後」閱讀眼前奔踏而來的現實意象，對陳皓而言，是一種對人群、環境關懷的開始，〈大甲溪〉一詩，尤為深刻。

——台灣主要河川
禁止傾倒垃圾

當然，面對下雨的季節
我們的心情可能不會太好
從落日的地方出發
穿越峽谷的喉帶
那彷彿正是生命的起點

而大甲溪就蜿蜒在我們前方
侵早，這裡霧色濛濛
但我依稀可以感覺
溪水流動的樣子
（輕緩而且沉默）
帶著來自上游的沙爍、塵土
以及垃圾，並且切割著
一條地緣的斷層
就這樣子流過冗長的歲月

在大甲溪濛濛霧色裡
橋也是沉默的

白鷺鷥踮起腳
輕易地就躍過來了
水草手牽著手，背靠著背
聆聽流了千百年的水聲
當然，它們最能明白
生命的意義不僅為了生存
而且必需努力學習
在狂風暴雨中，如何
壓低姿勢，蓄勁反擊

在大甲溪，九月以後
流水總是驕傲的
然而，面對下雨的季節
我們的心情確實不會太好

詩社風起雲湧的八〇年代相信很多目前邁入中生代的三、四十歲詩人記憶猶新。陳皓當時除了自辦《薪火》外，先後加入了《葡萄園》與《曼陀羅》詩社，但也在九〇年代中期突然隱退，令識者惋惜。但在二〇〇八年的今天，睽違十多年的陳皓再戰江湖，並以《在那裡遇見寂寞》為重新出發的標記，足令愛詩人狂喜。

在詩壇我何其有幸擁有三位「同學」，分別是南華在我隔壁念碩士班，約定一起畢業的的嚴忠政（我念出版所）；佛光文學博士班的劉正偉；以及復興美工的陳皓。八〇年代，我雖樂衷活動，但對於文學人的集社我總習慣保持適度的距離，因為我知道創作才是根本。在八〇年代每位新生代詩人都習慣跨社的情狀下，也只感念小草詩人王志堃對詩運的熱情，襄助社費，加入新陸詩社。對於陳皓的邀約入社，我只得以經濟狀況亟待改善為由，轉以作品力挺，並見證青年詩人陳皓是時的浪漫與純真。

對一個鍾愛文學的創作者來說，寫作無疑是一種情懷的表達，作者在文字的範疇中找尋意義藉以安頓自己，文字在型態上被閱讀被呈現，基本上是一種對話的姿態。這種姿態透過文字來包裹，內裡總有一股潛訊息逗引著讀者詳加探詢。

抒情是陳皓的文學實踐中最為突出的利器，對於詩作是否一定要介入社會現實我是存疑的。個人認為陳皓大可不必理會那些過於二元對立的言論，在自己的花園，儘管開出屬於自己姿態的花朵罷。

捧讀陳皓的作品總感覺微微的寂寞，這寂寞來自於個性中的沉潛與冷靜，沒有憤恨與怨懟。而寂寞恰恰說明了疏離的人我事我物我之間，詩與人間一種清澈的關照罷，在這種適切的距離下，詩人得以入乎其中出乎其外，取得個人在詩美學上獨特的位置，這是作為老同學的我，私心期盼與祝福的。

二〇〇九年元月十二日　寫于國北教大

你是黑夜裡的一首情詩

——回應陳皓的〈傾讀妳的意象〉

千朔

擺脫季節的衣飾後
赤裸裸的翅膀也失去飛翔的方向
我徘徊濁水溪右岸
有你的一再叮嚀耳音，左岸
一組解碼的象形文字，等待

鮭魚，不是台灣才有
櫻花，日本飄得最有你傷心的況味

深吻，那一年，又是哪一年的冬天
愛情和你都一樣地沉入意象裡
回歸城市，春天
再也沒有可以點亮的想像

還是習慣秋月照影的孤單
花叢裡的野貓總把深海魚咬得很緊
聽過老鼠娶親的故事嗎？
唉！夏天懶洋洋的日記
原子筆退化得比隕落的流星快
寫你，連潮濕的雨都是一片空白
我還在選擇複製，或繁殖
日光明朗的美德

把你的情詩串成一條胸前的珍珠
黑夜之後，點亮我的夢
的夜明珠

本詩作者：千朔，高雄師範大學國文系碩士。曾任自在詩友會首任執行長（出版二〇〇七、二〇〇八年度詩集）。現任廣告公司美術設計、水墨畫會會員、高雄廣告設計協會會員。詩作曾發表於人間福報、台灣詩學論壇（詩刊）、自在詩集、部落格及相關論壇等。

凝眸

——回應陳皓的〈我在日落的地方〉

樂穎

踩在日落上
信紙被風吹飛幾張
城市很疲累
小船繫不了渡頭的影子

彩雲裡蒸餾著心事
扉頁種好年少的唇語
還有情歌的流變

白鳥和秋葉一起記錄
十月的山與海
還未駛離起風的漁港
凝眸盡處卻趕走理想的雲
難以隱忍的催黃老調……

本文作者：水穎嗚煙（樂穎），現居桃園，服務於醫院行政。目前專事管理「穎‧臨‧城‧下」文學城，並為自在詩友會執行長，兼任值星詩友、詩作總評及電子報發刊事宜。著有：個人紀念詩集《圓舞。蘊致的霞披》（二〇〇八）。尚有作品部份收錄詩友會年度紀念詩集（二〇〇七、二〇〇八）。
網站：《穎‧臨‧城‧下》（http://city.udn.com/4715）
《自在詩友會》（http://mypaper.pchome.com.tw/news/daphne0720

續讀景美溪

——和陳皓的〈坐讀景美溪〉

鹿泠

聽說
景美溪負荷著醉夢溪的重量
緩緩淌過
道南橋寬闊的肩膀
人們都在相互問詢
幾個轉折之后
溪可仍是原來的溪
名呢？

你從紅塵中行來
數過五十二節橋杆
也許
你欲輕輕揭開扉頁般的
揭開五十二節橋杆的心事
（心事描著天文
　心事繪著地理
　心事是整個歷史的版面）
你留坐　並且研讀
一條名叫景美的溪和
它的午后

而我曾經思量

如何告託你
木柵　溪水　以及其它
而溪水默默
依稀從來如是
那不僅祇為了包容
草地上人們歡笑的理由
（也許是百年前兩族相爭的戰場）
一定還有許多
你認為的可能
譬如細細的風語
譬如零星的雲影
譬如……

而我無論怎樣的等待

總等不來一瓣路過的桃花
也許我必將溯源而上
尋一個古冊中的朝代和那些
遺世的人們
（那是我的紅塵心事）
那時我想　我必將
邀你

國家圖書館出版品預行編目

在那裡遇見寂寞 : 陳皓著. -- 一版. -- 臺北市 :
秀威資訊科技，2010.07
面；　公分. -- (語言文學類 ; PG0399)
BOD版
ISBN 978-986-221-526-5 (平裝)

851.486　　　　99011454

語言文學類　PG0399

在那裡遇見寂寞

作　　者 / 陳　皓
發 行 人 / 宋政坤
執行編輯 / 黃姣潔
圖文排版 / 黃莉珊
封面設計 / 陳佩蓉
數位轉譯 / 徐真玉　沈裕閔
圖書銷售 / 林怡君
法律顧問 / 毛國樑　律師
出版印製 / 秀威資訊科技股份有限公司
台北市內湖區瑞光路583巷25號1樓
電話：02-2657-9211　傳真：02-2657-9106
E-mail：service@showwe.com.tw
經 銷 商 / 紅螞蟻圖書有限公司
台北市內湖區舊宗路二段121巷28、32號4樓
電話：02-2795-3656　傳真：02-2795-4100
http://www.e-redant.com

2010 年 7 月 BOD 一版
定價：260元